Je suis là, Petit Lundi

Geneviève Côté

Texte français de Michèle Marineau

Éditions
SCHOLASTIC

Un lundi, par une belle nuit d'été,
les animaux de la forêt ont découvert
un bébé lapin endormi au clair de lune.
Ils l'ont appelé Petit Lundi.

Petit Lundi et ses nouveaux amis adoraient jouer dans la forêt.

Mais parfois, quand il se retrouvait seul, Petit Lundi se demandait qui pouvait bien être sa maman.

Un jour, il décida de partir à sa recherche.

Petit Lundi alla d'abord voir Madame Cygne.
Elle était douce et gracieuse, et Petit Lundi
souhaitait très fort qu'elle soit sa maman.

Mais Madame Cygne lui dit qu'elle n'était pas
sa maman.

– Tant pis, déclara Petit Lundi. De toute façon,
je ne pourrais jamais nager comme toi.

Il demanda ensuite à Madame Chouette, connue pour sa grande sagesse. Petit Lundi aurait bien aimé avoir une maman aussi sage!

Mais Madame Chouette répondit elle aussi qu'elle n'était pas sa maman.

– Tant pis, déclara Petit Lundi. De toute façon, je n'arriverais jamais à veiller toute la nuit, comme toi.

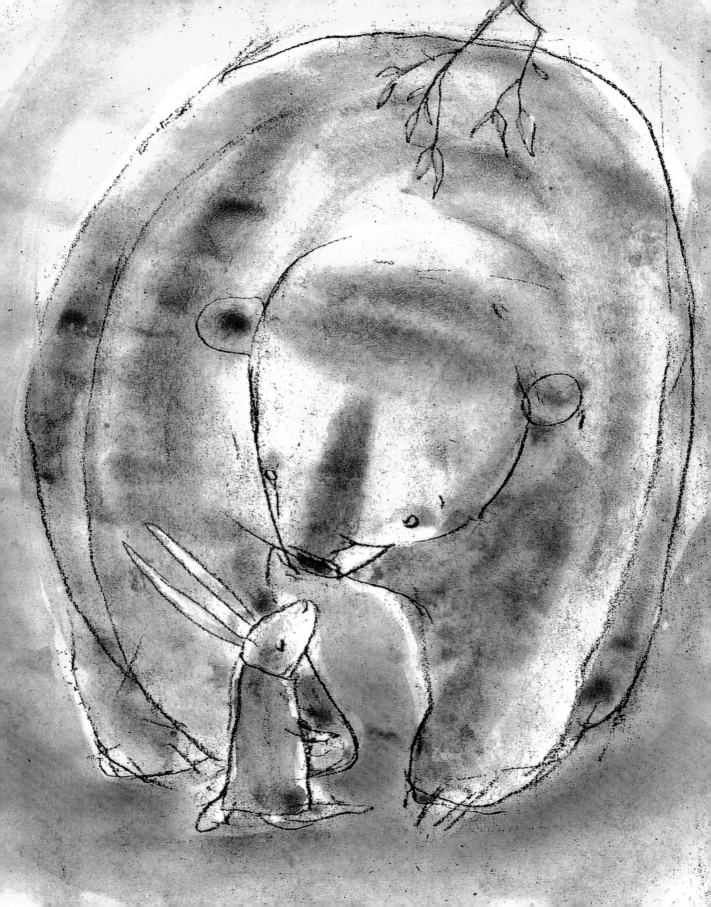

À midi, au milieu des bleuets, Petit Lundi trouva Madame Ourse, qui était grande et forte. Avec elle, il n'aurait sûrement peur de rien!

Mais Madame Ourse lui dit qu'elle n'était pas sa maman.

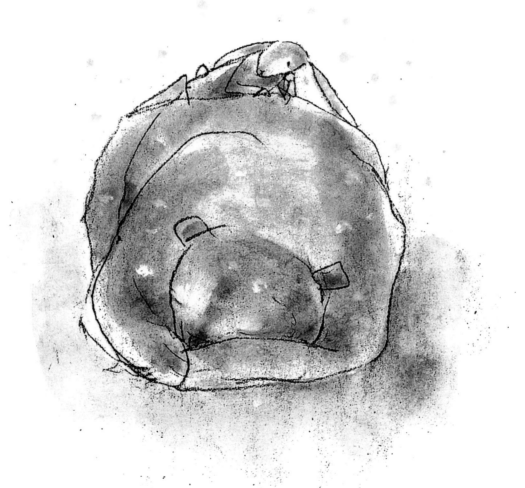

– Tant pis, déclara Petit Lundi. De toute façon, je ne pourrais pas dormir tout l'hiver, comme toi.

Il demanda ensuite à
Madame Tamia, qui
passait ses journées à
courir et à sauter partout.
Ce serait drôlement
amusant d'avoir une
maman comme celle-là!
Mais Madame Tamia
lui dit qu'elle n'était pas
sa maman.

– Tant pis, déclara Petit
Lundi. De toute façon,
je ne pourrais jamais
grimper aux arbres
comme toi.

Petit Lundi aperçut Madame Mouffette et faillit s'enfuir aussitôt. (Madame Mouffette sentait parfois vraiment mauvais.) Puis il songea qu'il ferait mieux de lui poser la question, à elle aussi.

Mais Madame Mouffette lui dit qu'elle n'était pas sa maman.

– Tant pis, déclara Petit Lundi.
En fait, il était plutôt soulagé.

Il commençait à se faire tard quand Petit Lundi demanda à Mesdames Raton, Chauve-Souris, Tortue et Renarde, puis à Mesdames Loutre, Héron et Grenouille...

mais aucune d'entre elles n'était sa maman.
Petit Lundi commençait à se décourager.

Le jour baissait. Petit Lundi se coucha en boule dans les fougères et ferma les yeux.

Peut-être que demain, je vais la trouver, songea-t-il en s'abandonnant au sommeil.

Au plus profond de la nuit, Petit Lundi se réveilla
en sursaut. Quelqu'un l'avait-il appelé?

Il regarda à gauche et à droite, devant et derrière.

Enfin, il leva les yeux vers le ciel...

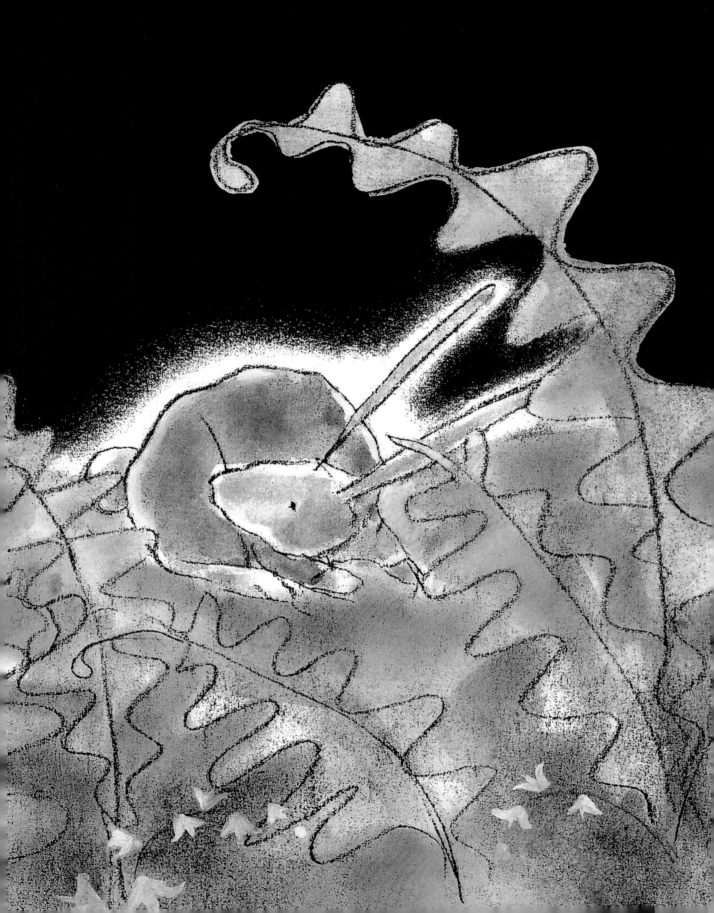

Et tout là-haut, dans la lune ronde et brillante,
un lapin lui souriait!
   Petit Lundi se frotta les yeux.
   – Es-tu ma maman? cria-t-il en direction de la lune.
Tu es tellement loin, là-bas dans le ciel!

– Je ne suis peut-être pas près de toi, Petit Lundi, mais je suis toujours là pour te protéger et éclairer ta route dans la forêt. Même par les nuits les plus sombres, même quand tu ne peux pas me voir, je suis toujours avec toi.

Petit Lundi sourit. Il sentait un rayon de lune lui caresser la joue.

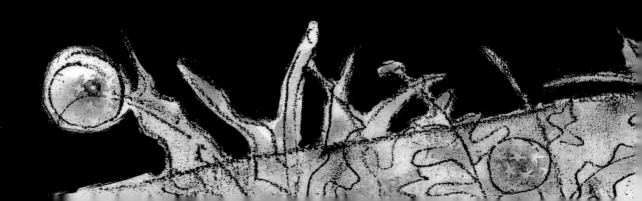

– Réveillez-vous! Réveillez-vous! lança Petit Lundi
à la ronde. Regardez! Ma maman est là!

Petit Lundi et ses amis restèrent debout très tard,
cette nuit-là.

Puis, un à un, les autres animaux de la
forêt cédèrent au sommeil.
Petit Lundi, lui, veilla en compagnie de
sa maman le plus longtemps possible...

Quand enfin il ferma les yeux, il entendit un murmure dans le clair de lune :
– Bonne nuit, Petit Lundi. Dors bien.

MOT DE L'AUTEURE

Montag, lunes, lunedi, maandag, monday...

Dans plusieurs langues, *lundi* signifie « le jour de la lune ». Observe la pleine lune : vois-tu l'ombre d'un lapin qui court dans le ciel? À moins qu'il ne s'agisse d'une maman lapine assise tranquillement au clair de lune? Depuis des milliers d'années, partout dans le monde, de la Chine aux Amériques, des peuples ont célébré sa douce présence.

Le lapin de la lune est toujours visible aujourd'hui et nous rappelle que personne n'est jamais seul la nuit.

À tous les gens que j'aime
et à tous ceux qui ont déjà douté
des promesses de l'aube
— G. C.

Édition publiée par les Éditions Scholastic, 604, rue King Ouest, Toronto (Ontario) M5V 1E1.

5 4 3 2 1   Imprimé au Canada   08 09 10 11 12

Catalogage avant publication de Bibliothèque et Archives Canada

Côté, Geneviève, 1964-
[With you always, Little Monday. Français]
Je suis là, petit Lundi / Geneviève Côté; texte français de Michèle Marineau.

Traduction de : With you always, Little Monday. Pour enfants de 4 à 8 ans.

ISBN 978-0-545-99248-0

I. Marineau, Michèle, 1955- II. Titre. III. Titre: With you always, Little Monday. Français.

PS8605.O8738W5714 2008   jC813'.6
C2007-906746-8

Les illustrations de ce livre ont été faites selon la technique mixte.

Le titre est composé avec la police de caractères Melanie BT.

Le texte est composé avec la police de caractères Worcester Round.

Conception graphique : Linda Lockowitz